천 년의 시학
오늘의 시학

책 만 드 는 집
시인선 196

천 년의 시학
오늘의 시학

최한선 시집

책만드는집

담양과 인연을 맺은 지
24년 만에
고려시대부터 오늘에 이르기까지
담양 천 년의 漢詩 역사를
집필하고 난 후
문학사에 자주 오르내린
서른일곱 명의 작품에서
시상을 일으켜 그 감흥을
時調에 담고서 '천 년의 시학'이라 했다.
이어 내 시 창작의 에스프리가
그 천 년의 시학과 무관하지 않음에
나의 시학을 시조로 풀이한 뒤
'오늘의 시학'이라 명명하여
간단없는 문학사의 흐름 속에
한 획을 찍고자 했다.

처음 시도한 형식인지라
걱정도 되지만 안목 있는 독자의
공감이 있기를 소망한다.

2022년 4월
최한선

| 차례 |

1부   천 년의 시학

2부   시인의 시학

3부   오늘의 시학

4부　말의 시학

1부

천 년의 시학

고향의 시학
-담양인 이성*

시인의 영원한 화두 고향을 쉬이 등지랴
벼슬도 막지 못한 수구首丘의 굳은 마음

담양 땅 태를 묻은 고려 문단 우뚝 시심
전원에 들었건만 고향을 그리는 간절함

필마를 타고서라도 호남 땅 내 밟으리

* 1251-1325, 고려시대 담양 출생. 「귀전영歸田詠」에서 최초로 '호남'
이란 말을 썼음.

풍류의 시학
-야은 전녹생*

청산을 마주하니 벼슬한 몸 부끄럽고
무너진 성터 보니 세월 무상 한량없다

최고운이 누구며 도연명은 또 그 뉘런가
천고토록 따르지 못할 연모의 풍류남아

동쪽에 해 뜨고 나면 강물마저 술맛이라
버들은 내 시름 알고 잔가지를 흔드네

* 1318-1375, 고려시대 담양 출생.

애민의 시학

－매계 강호문*

안개 속에 가려진 아득한 농촌 풍경
밥 짓는 연기 없어 안부 알 길 전혀 없네

모래밭 갈매기 뭐라고 소식을 전하는데
이 끝에 물든 몸 귀먹은 지 여러 해

저 건너 베 짜는 소리 누굴 위한 수고인가

* 담양 대전면 갑향 출생. 공민왕 때 급제.

낙지樂志의 시학
- 계숙 이서*

귀양살이 십사 년 쌓인 회포 태산인데
「낙지가」 딸랑 한 수 남겨두고 가시다니

하룻밤도 수십 번을 오갔던 한강 물결
체념인가 체모인가 달게 여긴 질곡 운명

차가운 객창에 앉아 겻불 생각 않으셨네

* 1484-?. 창평으로 유배 와 가사 「낙지가」를 지은 양녕대군 증손자.

불굴의 시학
－석헌 유옥*

허리를 굽힌다고 모두가 아첨이며
격문을 받듦이 은총을 바란 건가

북녘 하늘 흐리거든 옷소매 걷어들고
흰 구름 떠 있을 땐 함께 따라 맑아졌네

굽힘 없는 세월 따라 저문 산에 달이 뜨니
설치던 올빼미들 갈 곳 몰라 조비볐지

한 그릇 편쑤기일망정 정성으로 바치나니
사육신 큰 넋의 힘으로 신비愼妃 살리시고

* 1487-1519, 담양 창평면 유곡 출생. 중종 때 「신비복위소」를 올림.

18

한가로움의 시학
– 면앙정 송순*

때론 구부리고 때론 펴는 것이 삶이러니
괜스레 분주함을 남이 알까 웃음 난다

세상에 호사함이 어찌 한둘이랴마는
계절을 맛보는 전원의 흥취를 뉘 따르랴

근심을 짊어짐만이 사람 노릇 아닐진댄
조석으로 찌푸리면 미간이 뭐라고 말할까

천지간 한가로움 두고 내 아람치 뭘 찾으랴

* 1493-1582, 담양 봉산면 기촌 출생.「면앙정가」및 면앙정시단의
주인공.

큰 종의 시학
– 석천 임억령*

세상길 항상 정도만을 걸으려는데
정도를 안다면 혹여 걸어봄직하건마는

흥 없으니 시 짓는 일에 흰머리만 수북하고
읊조리는 잔입엔 난데 한기 가득하다

글줄이나 읽었다면서 애면글면 조탁 일념
자잘한 법도에 갇혀 큰 종 울릴 생각 잊네

* 1496-1568. 담양부사를 역임하고 식영정의 주인으로 성산시단을
이끎.

소쇄의 시학
―소쇄 양산보*

비 오다 개면 세상 더욱 밝다커늘
임 가신 뒤 오래건만 여전한 자드락비

「효부孝賦」 완성 기다리던 환벽당 사촌 선생
벼루 물 마르기 전 세상 인연 끊었다지

숙수菽水를 마다하랴 독목교를 사양하랴
봉황대 임 떠난 자리에 흔들리며 피는 홑꽃

시냇물 한 자락 베고 누운 봄날 헌사롭네

* 1503-1557, 담양 가사문학면 지실 출생.「효부」를 지어 유명해짐.

질서의 시학
─하서 김인후*

하늘의 운행 따라 인간사 흐른다면
오묘한 그 조합에 무슨 근심 있으랴

한 이랑의 연못에도 물고기 둥지 있듯
인연 다한 사람들 새론 인연 가없어라

⟨묵죽도墨竹圖⟩ 그린 마음으로 이웃을 대하는데
바람도 그 뜻을 알고 대피리로 화답하네

* 1510-1560. 「소쇄원 48영」 등을 지었으며 양산보와 사돈 간.

존재의 시학 1

-미암 유희춘*

속정을 받을수록 분주해지는 마음 쓰임
톺아보지만 세밑인데도 거룩한 빈손

사방을 둘러친 다정하고 고마운 사람
무엇 하나 누구 하나 소중하지 않으랴

방죽의 겨울 미나리는 누굴 위해 파랗던가
첫사리 나누는 정을 부디 사양 말기를

* 1513-1577. 부인 송덕봉을 따라 처가인 담양에서 기거. 『미암일기』 등이 유명함.

사모의 시학
– 서하당 김성원*

내 등에 업히시어 세상을 물리신 당신
무릎에 모셨더라면 얼굴 몇 번 더 뵀을 걸

물과 불이 맞붙은 비각의 생게망게한 시절
단말마 한 숨결 없이 당신을 보내다니

거친 밥 남새 찬일지라도 다시 바칠 수 있다면

* 1525-1597. 서하당과 식영정을 지었는데 효자로 유명함.

애틋함의 시학
-송강 정철*

죽록천 앞 송강松江의 해맑은 가을 물결
임의 모습 실려 오나 가여운 매만짐

가슴까지 저며오는 오싹한 차가움이여
홀로 뜬 달 작정한 듯 시린 맘 보태고

바람 안은 갈대꽃도 제 몸이 버거운 듯
기러기 외울음소리에 말없이 눈물짓네

* 1536-1593. 「관동별곡」「성산별곡」 등 가사를 지었으며 환벽당에
서 수학함.

줏대의 시학
– 환학당 조여심*

한 고을 팔 정자를 보고 자란 탓인가
한평생 곧은 정신 깐줄기가 없었다지

키 작은 풀꽃으로 세상 유혹 휘저으며
주린 배 노을로 채우며 학처럼 여위었지

편액을 울리는 고고성 들을수록 정정하네

* 1518-1594, 담양 고서면 분향 출생. '환학喚鶴'은 학을 부른다는 의미임.

대장부 시학
– 덕봉 송종개*

억울한 유배객의 아내가 되었을 땐
무욕을 실천하며 가을바람 탐냈었지

종성 땅 일만 굽이를 임 그리며 넘던 마음
무거워라 삼종지도 제 목숨은 초개같이

술 한 잔에 온 우주 품었던 가슴이여
새 세상 그대 없음이 어찌 이리 아쉬운지

* 1521–1578, 담양 출생. 홍주 송씨로 덕봉이란 호로 더 알려진, 유
희춘의 아내.

의리의 시학
-율옹 송징*

임 그린 시인이 세상에 한둘이랴만
제 목숨 제 숨결을 모두 임께 바치옵고

끊어진 산하 붙들고 오륜을 이었건만
오천 년 역사에 홀넋으로 저물다니

그래도 남은 햇살이 있어 그 정성을 비췄다네

* 생몰 연대 미상. 광해군 때 생원시에 합격.

성정의 시학
-만덕 김대기[*]

칼날같이 날 선 분별 많은 이 세상
술과 시 곧 아니면 어떻게 버텨낼까

현란한 말 놀음에 갈 곳 잃은 정신 줄
뜻 가는 데 성정 있어 내 시름 달래주네

사십 년 기나긴 세월 자취를 감춘 채
서석산 한 줄기 얻어 안빈安貧을 벗했었지

새 죽순 자라는 모습 보며 다잡은 마음

[*] 1557-1631, 담양 대덕면 장산 출생.

궁핍의 시학
—수죽 조홍립*

가난과 늙음은 언제부터 짝이었나
덜 익은 들 벼로 밥 짓는 애비 마음

떼 지어 달려드는 궁핍의 팔팔한 기세
가난이 물이라면 흘려보내 쫓으련만

구석구석 집안 채우고도 앙다문 심술
당신의 회방연에도 군입으로 틀수했다지

* 1558-1640, 담양 가사문학면 지실 출생.

상실의 시학
– 뇌천 유호*

사육신의 피를 받은 뜨거운 의로움
호란으로 뺏긴 조국 통곡마저 부족했지

변방에 이는 먼지 그칠 날 그 언제며
백성들 얼굴에 핀 노랑꽃은 언제 질지

풍설을 즐겨 맞으며 매화 찾던 시인처럼
시심을 일삼으면서 편히 살 날 그 언젠가

* 1576-1646, 담양 창평 출생. 「신비복위소」를 올린 유옥의 증손자.

물염의 시학
– 창주 나무송*

동쪽에 지은 초가 볼품없다 말을 마소
물염勿染으로 지은 마음 무엇이 부러우랴

고깃배 절로 떠서 앞 강물을 희롱한데
무심한 어옹 인생 갈매기랑 짝을 짓네

살뜰한 아내 정성 국화주 일품 향기
열두 줄 거문고 소리 취중에 비틀비틀

숲 아래 숨은 진미를 진즉 안 이 몇이런가

* 1577-1653, 담양 대덕면 구화동 출생.

계당의 시학
−기암 정홍명*

매미가 허물을 벗듯 속기를 털었던 시인
어쩌다 잘못하여 십여 년을 때 묻혔네

지위와 예의에 얽매인 것 한탄하고
자연을 사랑하여 계당溪堂 찾은 큰 선비

틀어진 세상에 행여 육신 물들세라
나무로 숲을 친 채 물처럼 흘렀다네

본래의 조물주 뜻으로 끝끝내 붙잡은 도심道心

* 1582-1650. 송강 정철의 넷째 아들. 창평에 묻힘.

귀향의 시학
– 명곡 오희도*

귀향의 손짓인가 불타는 의지인가
명옥헌 자미화는 여태껏 취흥이다

매화꽃 지고 나면 귀거래 이뤄질까
구름 겹겹 내 고향이 눈앞에 우뚝하네

길손아 전해다오 유자음遊子吟** 읊은 마음을
어머니 당신 생각이 봄풀처럼 수북합니다

* 1583-1623. 명옥헌 건립과 관련 있음.
** 당나라 맹교의 시로, 길 떠난 아들이 어머니 사랑을 그리워하는
내용.

넉넉함의 시학

−방암 양경지*

돌 하나 물 한 줄기 의미를 되새기며
함께할 수 있음에 딴맘을 떨쳐낸다

산속에 사는 재미 넉넉함이 으뜸이라
철마다 내놓는 풍요 속세와는 딴판이라

푸른빛 맑은 소리를 세상에 보내고자
일부러 저 달을 시켜 나를 불러들였는가

무량한 바람이 품은 낭랑한 노랫소리

* 1662-1734, 담양 창평면 지석동 출생. 「소쇄원 30영」을 지음.

환벽의 시학
− 소은 정민하*

알록달록 부정부패 과거장을 뒤로하고
환벽環碧의 푸름 속에 청운 의지 가뒀었네

곱게 흐른 계당 물결 송강 한을 씻으려는 듯
외곬으로 흐르는 모습 그림인가 자연인가

백락伯樂 없는 세상인데 천리마를 어찌할까
읊음도 울음도 아니하고 신음마저 않았다지

하늘에 뜬 푸른 바다에 돛단배 띄워두고
섬섬섬 섬들을 찾아 시밭을 일궜다네

* 1671-1754. 정철의 5대손. 계당溪堂과 관련 있음.

절로의 시학

－불기재 류진태*

초당에 누운 몸이 무슨 근심 있으랴
철 따라 꽃 있으니 더 바라 무엇하랴

갈라진 봇물같이 절로 이는 시심 물결
때맞춰 부는 바람아 이내 흥을 어쩌려고

탁 트인 정자에 오르니 금주禁酒 언약 무색하네

* 1703-1773. 문화 류씨의 후손이며 성리학에 밝음.

효심의 시학
– 애경당 남극엽*

골목마다 가득한 향기로운 사람 냄새
산다는 게 어쩌면 도리를 다하는 것

따스한 혈육의 정 다정한 음성의 숨결
어리눅은 겸양 있어 백발 해로 함빡 웃음

어디 갔나 향음주례 이제라도 펼쳐내어
충효가 노랫소리로 저 골 저 골 울려보세

* 1736-1804, 담양 출생. 가사 「향음주례가」 등이 있음.

향기의 시학
- 곤파 유도관*

사미인곡 읊은 사연 이제야 알았나니
시 향에 취한 자취 송강에서 일었구려

시구를 다듬느라 세월 간 줄 몰랐다니
그사이 저 달은 몇 해나 늙었을까

시상보다 먼저 이는 백발을 원망하며
등불 앞에 홀로 앉아 몽필생화 탄식하네

청산에 새봄이 오면 시 봉오리 솟을런가

* 1741-1813, 담양 창평면 유곡 출생. 정철을 이어 「사미인곡」 가사
를 지음.

물의 시학 1
– 석전 이최선*

비석에 새겼던 당대 울린 시문들
반 세월 가기도 전 이끼에 묻히었네

천년 세월 올곧게 흐르는 물 보면서
의연한 도심의 존재를 속으로 새겨보네

계절이 무시로 다르게 물들여도
본심을 잃지 않은 거룩한 신념 하나

달빛의 끈질긴 구애가 어쩜 저리 안쓰러운지

* 1825-1883, 담양 창평 장전 출생.

고독의 시학
－녹실 정해만*

병든 몸이라 꿈마저 괴로운 것을
진즉에 알지 못해 사무치는 외로움

성현을 대하여도 풀 길 없는 공허인데
오동잎 흔들며 가을 성큼 다가섰네

은하수 뛰어올라 신선이 되려 하나
사립문 두 팔이 옷자락을 붙잡네

우거진 숲길을 헤치며 불러보는 햇볕

* 1837-1913, 담양 가사문학면 지실 출생.

배움의 시학

— 화석 이동준*

옳고 그름 따지는 것 누군들 그 못 하랴
자잘한 시비 있어 험해지는 세상길

자연에 묻혀서 마음 보존한다지만
배움이 없다면 본마음을 어찌 알랴

뙤약볕 아래서도 그늘은 있기 마련
가뭄에 단비 같은 학계청**을 마련했네

달빛을 옷깃에 담으며 가난을 벗했었네

* 1842-1897, 담양 대치 출생.
** 가난한 사람들에게 학문을 장려하기 위해 이동준이 설립한 단체.

그늘의 시학
– 벽서 정운오*

꽃향기 다한 곳에 불쑥 내민 짙은 그늘
푸름이 뒤를 이어 숲속 살림 넉넉하네

세상을 바꾸려고 꾸었던 청운의 꿈
마흔이 다 되도록 이루지 못했어라
서책을 마주하고 북궐을 그리는데
세상의 거센 파도 높이를 더해오네

나뭇잎 한 그늘 아래 물고기 떼 옹기종기

* 1846-1920, 담양 가사문학면 지실 출생.

구휼의 시학
– 난실 김만식*

사람을 구휼함이 누구의 임무인가
한 줄의 시에서 새 삶을 얻었어라

숲 이룬 나무 보며 스스로를 돌아보는데
그림 누각 세울 때 제비 집 상상이나 했겠나

평생을 굽어만 보며 그늘막이 됐던 인생
등용의 욕심을 물거품처럼 삭여냈다니

가을의 풍요로운 소리에 박같이 둥근 마음

* 1846-1922, 담양 가사문학면 충효 출생.

물러남의 시학
-춘강 고정주*

계절의 변화 보며 물려줌을 배우는데
변할 줄 모르는 것은 입신자의 영화라

낮추어 높아지는 천문天文을 몸에 익혀
높은 벼슬 물리고 고향 산수 벗 삼았네

속세의 선비 생활에 무엇을 바랐던고
이어지는 새 물결이 맑고 또 힘세도다

못 봤던 신천지들이 지척에서 웃음 짓네

* 1863-1933, 담양 창평면 삼천 출생. 상월정에서 근대 교육을 실시함.

자존의 시학
– 서평 김기상*

샘물처럼 맑고 싶은 마음을 기약하는데
흰 구름 떠오는 모습에 한가로움 부러워라

산집에 묻혀 있어 세상 관심 없으련만
낙엽을 태운 연기 사람들을 불러오네

맑은 물로 풍겨보는 산중의 묵향 흥취
계곡 숨은 바람 소리가 시정詩情을 돋우네

등잔불 곧게 사르며 바깥세상 울을 쳤네

* 1867-1938. 담양 대전면에서 몽성암이라는 서당을 운영함.

진경의 시학
─옥산 이광수*

입 열면 이백 두보 잔 들면 죽림칠현
옥구슬 곁에 두고 구태 멀리 찾으련가

금강산 보고 싶어 고려인 되고팠던
소동파의 그 심정을 가슴에 깊이 넣네

타오르는 대지인들 풍년 꿈이 없을런가
낙락장송 아니라고 굳은 절개 없을쏜가

내 고향 땅심에 실려 대은大隱을 노래하네

* 1873-1953, 담양 창평면 장전 출생. 소은小隱은 산림에 숨고 대은
大隱은 도심에 숨음.

무상의 시학 1

−향암 이정순*

가을 단풍 붉은 때깔 보기도 좋을시고
맑은 물 술 취한 모습 더욱 보기 좋아라

발길 멈춰 구경하는 원근 노소 사람들아
저 꽃이 지고 나면 백발 한 줄 늘 터인데

삼불후** 있다 한들 그 어찌 쉬이 얻을까
돌이켜 구름 본 사이 해는 벌써 서산일세

가슴에 품은 회포를 언제 풀려 하는가

* 1908−1956, 담양 대전면 출생.
** 좌구명이 말한 영원히 썩지 않는 세 가지, 입덕立德, 입공立功, 입언
立言.

정갈의 시학
-동강 류한상*

두 세기를 걸쳐 사신 우뚝했던 동강 선생
유림儒林의 스승으로 평생 걸은 선비의 길

입에서 흘러나온 유풍儒風의 흥취와 풍류
이 세상 붙잡고 흐린 강물 맑혔지요

임석천 시 읊다 말고 어린 내 등 어루만지며
장하다 용기 주신 여태 정정 그 음성

정갈한 당신 모습이 오늘 마냥 그립습니다

* 1912-2011, 담양 창평면 해곡 출생. 한시에 밝았으며 석천 임억령
시에 관심이 많았음. 필자의 박사 논문이 「임억령 시문학 연구」였음.

궁산의 시학
− 고재종[*]

산이 다한 곳에 널찍한 강물 있듯
생명을 낳고 기른 커다란 사랑의 가슴

그대 만나 눈을 떴던 하찮고 궁한 것들
다시 보니 꽃 아니어도 향기 마냥 고울시고

조석으로 만난 다채로운 변화에서
눈부신 새 삶의 가치를 길어 올린다

느슨해진 세태의 긴장을 옥죄면서
근검한 시어로 말의 오염 줄여간다

겨울 뒤 움트는 시절에 탁주 한 잔 건네리

[*] 1957−현재, 담양 수북면 궁산(躬山) 출생. 窮山으로 시상을 일으킴.

50

2부

시인의 시학

발견과 성찰의 시학
– 김병호 교수

이른 아침 문상 가는 길
우연히 눈에 든 편의점의 파라솔

갈바람에 간신히 버티어 선 몸
테이블 위 텅 빈 컵라면 통 하나

누군가의 밥이 돼주지 않았다면
달라졌을까 소각장을 향해 갈 저 운명

혼자서 문상 가는 길 넘쳐나는 상념들

통찰의 시학

−이달균 시인

선득선득 보이는
어둡고 가난한 자화상 데리고

말뚝이의 호기와 넉살
잡풀의 끙끙거림과 일떠섬으로

인연한 업보의 무게를
쾌도난마처럼 후려치려 애쓴 이순耳順

세상은 생의 순간순간이
제행무상의 알레고리라 해도

그래도 수 겹의 가면을
헛발질로나 벗겨볼밖에

실용의 시학

− 황인원 시인

배가 많이 고픈가 했다
관념의 냄새에 물리었나 했다

삶의 순간순간에 부딪혀
빵이 되고 위로가 되는

시와 삶은 별개가 아니라
기어코 융섭이라며 높이는 목청

황 박사 난세의 대통령은 그럼 누구랑가

감동의 시학

−이지엽 교수

이 시인아, 감동의 시학을
쓰려고 하는데 영 난감하네

허허 감동의 시학은 니나 내나
감동스러운 일이 겁나 많잖아
노을 따라 하늘 가신 네 엄니
달빛으로 허기 때운 내 엄니
당신들 이야기가 그렇고 그러잖아
참 인원이를 진도로 부를까 해
내가 쓸 평론 저 다 주고
같이 있으면서 좋은 글 쓰면
서울살이보단 나아지지 않겠어

감동의 시학이라는 것 이런 게 아닐까

짠함의 시학

- 김경윤 시인

엄마, 눈이 추운가 봐요

방 안으로 들어오고 싶은지
봉창을 자꾸자꾸 탁탁 두드려요

청학동 초등학생의 일기 몇 줄
순진한 눈에 비친 연민의 속살

생래적 속성의 조용한 일렁임
잔물결이 그리는 따뜻한 동그라미

세상은 요란할지라도
가슴 마구 촉촉하여라

확장의 시학
– 오종문 시인

황금빛 들녘 봐 정말정말 멋있다
이 정도면 분명 대풍년이 들겠지

자네 눈에는 멋있게 보이는가
내 눈에는 힘든 일로만 보이네
꺼끄러기 녀석들과의 싸움이랑
널뛰기 쌀값에 애간장이 녹겠지
하지만 저기서 황금이 난대도
뼛속까지 땅꾼의 피 가진 나

마천루 공화국만은 참여 않겠네

명상의 시학

– 김영재 시인

길이 막히고 사막이 사라졌다

득도得道의 빛줄기
방금까지 두렷했는데
다시 길을 잃고
혼돈된 자리에서
존재를 되씹는다

사막이
사라진 그 자리
애초의 나의 길
있었던가

구성의 시학
− 정일근 교수

정 시인아, 시 쓸 때
가장 중요시하는 게 뭐고

와 그런 걸 다 묻는데
난 그릇의 형태랑 내용의
궁합 보는 것을 좋아하거든

선남선녀라도 어울리지 않는
궁합이 많거든 안 글던가

좁쌀만 한 크기의 실눈 하나가
우주 품고도 남을 공활이 되는 것

우문에 현답을 들려준
경남대학교 석좌교수

다의성의 시학

― 정수자 시인

시상의 자유와 정형의 장엄莊嚴
사유의 깊이와 울림의 여운餘韻

자재한 실험으로 시대를 타고 놀며
잠자리 겹눈으로 신세계를 탐색한다

통사적 의미 너머의 색즉시공 공즉시색

무상의 시학 2
－박영주 교수

시공을 초월하여 만물은 변한다는
누천년『주역』의 외침 쟁쟁하다

회자會者는 정리定離요 거자去者는 필반必返인가
만나고 헤어짐은 운명처럼 정해져 있다

있다 하니 없고 없다 하며 있으니
도대체 시인은 무엇을 시라고 하는지

무상의 시학이 최고의 경지라는
박영주 강릉원주대 교수의 일갈

3부

오늘의 시학

산의 시학 1

생장과 소멸은 자연의 의지意志
무언의 긍정으로 우러르고 굽어본다

변화와 개혁은 항신恒新의 소관
쉼 없는 움직임으로 새로운 내일 연다

유한에 초연하며 가슴으로 끌어안고
변합과 조장助長을 무한무한 주관한다

칠동七動*의 무량한 기운으로
쉼 없이 생명을 여닫는다

* 칠동은 운우풍수화양토雲雨風水火陽土로서 희로애락애오욕喜怒哀樂愛
惡慾에 비견됨.

64

산의 시학 2

전진이 멈춰버린 깊숙한 안방
조물주의 고향인가 자궁의 궁전인가

샘물처럼 솟아나는 생명의 종갓집
큼직한 가슴이라 품음도 넉넉하다

저 마음 언제까지 우리 곁을 지킬지
창문을 열다 말고 멀리 앞산 바라보며

헐거운 근육의 비명에 절로 고개 숙인다

촛불의 시학

깜박이며 몸 사르는
침묵의 사연을 듣는 밤

희미한 눈물이 뚝
온몸을 적십니다

마음속 갈무리한 설움이
와르르 침묵을 깹니다

꽃의 시학

껄껄껄
호탕한 웃음 아니어도

빙그레
은근한 눈짓 아니어도

어둡고 시린 세상
화들짝 덥혀주는

한 방울 이슬로 환생한
화사한 가슴이여

온 누리 화엄의 장식으로
열리는 희망이여

길의 시학

미답의 음역音域을 걷는
한국의 래퍼들을

천재 음악가 모차르트는
무어라 말할지

성부침해라 고개 돌릴까
격정의 파문으로 손뼉을 칠까

애초에 있었던 길은
길이 아닐지도 모른다

관성처럼 생각을 지우고
마음의 번뇌를 죽이는
넓고 튼튼한 길
적어도 내 시가

걸어야 할 길은 아니다

생면부지의 너에게 가는 길
어쩌면 그 길은 용기였을 터

맨몸의 물살로 오늘도 계곡물
야무지게 바다에 이르듯

나무의 시학

항장곡恒藏曲 가슴에 안은
천년 늙은 오동나무

한불매향寒不賣香하는
풍설 속의 매화나무

땅속에 눈目을 두고
만상萬象을 품평하며
지락至樂의 생을 사는
낙락의 청장목

까칠한 여유와
눅눅한 조급에게
묵언으로 다독이며
더불어 숲이 된다

죽어야 비로소 눕는
나무 관세음보살

달의 시학

어리고 예쁜 자태로
희롱하는 능청이다
지샌달 바라보다
무상타며 시를 쓴다

관습이 돼버린
제돌이 세상
혁명을 꿈꾸는
스무 살 청년처럼
번영과 몰락
희망과 좌절
찬탄과 지탄을
온몸으로 부양하며
가난한 머리 위로
달무리 곱게 띄우는데

마음껏 둥글지 못한
가엾은 대물림인가
고명딸 눈에 뜬 달이
밤하늘을 맑힌다

몽상의 시학

사뿐히 오시는 정숙한 임이시여
내 몸 절로 들썩이는 당신의 자태

이 밤도 폴짝폴짝 흥바람을 타고서
콧노래 선율 맞춰 맞잡은 두 손

하늘로 갈까요 저 바다로 갈까요
황무지에 돋은 봄풀 둘만의 성곽으로

배 한 척 돛대도 없이 흐르는 꿈길이
언제나 고향 같은 힘으로 나를 붙든다

바람의 시학

스스로 일어서서
무반주 노래로
울리고 웃기며
세상을 조롱한다

슬프고 기쁜 사연
아름으로 안으며
음律 고르는 조율사처럼
세상을 다독인다

휘모리 자진모리
아니리 발림으로
흥을 짜고 부수며
신명으로 놀다가도

조신한 수줍음으로
갈대숲에 잠든다

구름의 시학

거대한 몸뚱어리가
약자의 비수에 찔려
순식간에 사라지는
오만의 종말을 보면서

움직이는 변화의
위대한 교훈을 붙잡고
한 발짝 한 발짝 내디디며
새로운 힘을 축적한다

언제나 세상을 위해
목마른 자를 향해
좌우를 뛰어넘는
우주의 섭리에 무릎 낮추며

음양의 그침 없는 호흡에
여린 숨결 보탠다

비의 시학

키우는 자비로움과 죽이는 잔인함을
한 몸에 지닌 그대 사람과 퍽 닮았네

음과 양이 힘을 합해 부리는 조화
선악이 생겨남은 자연의 이치리라

해안선 한 뼘 만들지 못한 파도처럼
혼자서는 아무것도 할 수 없는 빗방울

인내 없이 생명을 어찌 낳고 기르랴
불볕의 시련은 달콤한 수확의 결실

연락宴樂의 내일을 위해 오늘 마냥 낮춘다

불의 시학

붉은 마음이 부리는 오묘한 조화
천하를 호령하고 영혼을 홀린다

이 세상 둘도 없는 황홀한 파도
대들면 엎어버리는 영리한 탐욕

끝 모르고 타오르는 이카로스의 후예
허무를 동반한 패전의 전장

모았다 흩어버리는 변심의 달인
생명들 샘물을 찾듯 거친 숨 몰아쉬네

대지의 시학

유순한 성품을 가슴에 달고
밤길만 외곬으로 걸어온 일생

품어 길러낸 숱한 생명들이
자고 이는 눈부신 공활함

넓고 순한 두터운 덕에 안겨
두 다리 쭉 펴고 취하는 안식

은근히 내비치는 결 고운 마음
낳아서 갈무리하는 무량한 자비

태양의 시학

2월의 꽃보다 붉은
서리 맞은 단풍이라는
옛사람 시구*에
문득 짠한 생각이 들어
눈 속에 핀 홍매화를
떠올려 본다

붉게 화엄한 녹야의 대지 위해
감로甘露의 말씀은 얼마나 애탔을지

시인 없는 세상에서
영혼의 근육을 키우느라
태양은 지난여름 얼마나 고독한
인내를 불태웠을까

땅과 비 바람과 함께

사랑의 몸 섞으며 날마다날마다
역사를 창조하는 거룩한 희생 앞에
차마 눈 들어 바라보지 못하고
파탄의 마음을 지긋이 숨죽여 들인다

물의 시학 2

조운 선생 구룡폭포
호탕한 웃음소리

눈 감고 들어보니
세상이 들어 있네

저 물살 날숨 가락에
번뇌 절로 씻어보는데

시 읊는 소리인가
세상 앓는 비명인가

결결이 생명으로 되사는
넉넉한 양수여

동심의 시학 1

붓 끝에서 꽃 피우니 나비가 훨훨 난다

시작詩作의 수사인가 동심의 발동인가

음정 박자 다 틀려도 파고 높은 감동 물결

신나는 정글의 법칙이 눈앞에 펄떡인다

동심의 시학 2

지식과 경험의 싸구려 철학
밥 한술 먹다 말고 찌푸리는 미간이다

코끼리 바늘 속을 제멋대로 드나들고
앞산은 폴짝폴짝 밤낮없이 뛰어논다

마음 붓 뚜벅 걸음으로 부리는 마술들

동심의 시학 3

파란 하늘을 유영하는 흰 구름
동그라미 그리는 호수의 빗방울

날것의 어설픔이라 웃을 이 있을까
보고도 보지 못하는 사람들이 웃겠지

우당탕 꽃 피는 소리에 깜짝 놀란 새 떼들

동심의 시학 4

파도 그림 한 장이 바다 되는 집 안에서
꽃의 뺨을 비벼보는 정원 하나 일군다

숨결 죽인 나무랑 술래잡기 한창일 때
소낙비로 헤살놓는 심술궂은 먹구름

엄마의 포근한 가슴이 안방 되는 머릿속

동심의 시학 5

계곡물 마신 토끼 불끈 솟은 힘으로
키 높은 나무를 훌쩍 뛰어넘고

구름 먹고 부른 배가 둥둥 하늘 날며
강아지 울음에 넙죽 활짝 꽃이 피네

장자와 이백을 언제까지 부러워만 하랴
수백 년 따지느라 상실한 순혼純魂들

꽃잎이 별이 되는 날 물 아래 선 하늘

리듬의 시학 1

리듬이 불러오는 감동의 묘체

음수나 행갈이 아닌 비유의 쿵짝

생래적 리듬의 고향 동사의 운성韻性

자유롭게 뛰노는 생동의 기운들

낮추고 높이는 힘으로 교직交織하는 일상

리듬의 시학 2

굵고 가는 곡선의 자재로운 선율 타며

과감하고 은근한 말부림의 율동 있다

윤무의 동그라미 제 맘껏 그리며

원융한 조화들이 성속 경계 무눈다

내 마음 아시는 그 님 금세 폴짝 반기시리

상상의 시학

논리와 이성의 시든 관념 뛰어넘어
직관과 감성이 팔딱이는 세상을 연다

지난밤 알을 낳은 나무로 깎은 수탉
은하수 별들이 합창으로 반긴다

메마른 가슴가슴에 촉촉 감성 벙글고
빙하의 온실에서는 봄풀이 발레를 한다

함축의 시학

생각할 줄 아는 글자의 육신

그 영혼 매만지며 생명을 낳고

죽음을 부르며 아슬한 곡예로

분주한 일상을 신나게 이어간다

끊어진 허리를 붙잡을 새도 없이

무성한 이끼 키우는 푸른 기와지붕

천외한 혹세무민이 새 타락을 창조한다

존재의 시학 2

밧줄에 매여 있는 통통배를 동정하며
망망한 대해로의 항해를 감행한다

껍질을 깨고 활공하는 뱁새가 되어
짜릿한 혁명을 꿈꾸며 존재를 확인한다

시간의 건강과 계절의 안부를 물으며
느끼는 숨결만으로 존재에게 감사한다

모국어 시학

자연스러운 혀 놀림 대신 질겅거리는 날것들

순혼純魂을 흐리는 용병들의 날 선 행보

앵무새 지껄임에 엇박자로 놀아나고

헝클어진 좌뇌의 이탈한 궤도가

역류하는 황하 되어 생명을 삼킨다

모국어 임종이 오기 전 건강한 자궁 보호

관찰의 시학

애정 어린 눈길로 존재의 본질을 찾아내고

아름다운 발견에서 미몽迷夢을 일깨운다

조용한 폭동의 전율이 오싹 새 움 틔운다

여백의 시학

화려하게 꽃 피우려 애쓰지 않고
흔들리는 지축의 마음을 잡으며

꽃가지에 둥지 튼 새들을 그리면서
자연의 일부라며 사람을 들인다

벌 나비 득실거린다고 봄이라 할 수 없어
매미의 목쉰 노래로 연꽃 송이 피운다

개성의 시학

요란한 말부림이 무슨 개미* 있으랴
악취 나는 오염으로 신음하는 모방들

절묘한 교섭이 눈길 끄는 품새라니
신명을 잃어버린 낡은 바람의 육신

장미꽃 내밀지 못할 붉은 열정으로
옷깃을 풀어젖히고 보듬는 첫사랑

파탄한 시상일망정 눈물 한 줌 뿌릴지

* '게미'라고도 하는 전남 지역어로 음식의 맛이 매우 뛰어나거나 입
에 잘 맞음을 이르는 말.

삭힘의 시학

익숙한 말결 다독다독 틔우는 시심詩心

농익듯 적확한 말 자리들의 어울림

발효된 생각들이 빚는 쳇물 같은 맑은 감동

습작의 시학

쉼 없는 날갯짓 창공의 놀란 세계
한계 저 건너 미답의 성역을 여는

인드라망 저 너머의 자유로운 상상

굳은살 거룩한 힘으로 구두선口頭禪을 무눈다

위안의 시학

웃기고 울리며 끄덕이다 분노한다

하나가 둘이 되고 여럿이 하나가 되어

사랑의 짠 내로 숨소리 삼키더라도

울분과 설움을 꿀꺽꿀꺽 삼키며

다수운 시안詩眼을 열어 포옹하는 큰 가슴

몸의 시학

가슴과 머리, 온몸으로 느끼어 쓰고

입과 손이 먼저 아는 몸에 밴 홍 장단

그림 속 십장생이 벽사와 진경 부르듯

이 한 몸 무양無恙의 꼼지락거림으로

세상 소리 관음을 하는데

내 몸이 제 먼저 아는 파도 같은 출렁임

공동체 시학

가없는 다정함으로 저들을 떠올려 본다
미숙이, 철룡이, 종성이, 성렬이…

내가 아는 친구들의 이름을 부르고
별명을 붙이며 안부를 살핀다

연대의 쇠사슬에 묶이지 말자면서도
너와 나 다르며 같다고 마음 활짝 내민다

자유의 시학

말 감옥을 탈출하는 용감한 탈옥수
오염과 파탄이 담을 넘게 추동했다지

호흡의 해타마다 튕겨나는 갈등들
노을이 제 운명을 홍조로 말하듯

좌우에 가로막혀 헐떡이는 공간들이
창공에 숲길을 내어 비상을 꿈꾼다

자유란 말만 들어도 가슴 벅찼던 시절
어느새 혼 빠져버린 가련한 노년의 시계

장강대하의 시학

거침없이 쏟아내는 뜨거운 열정

상상과 수사의 현란한 옷차림

체증滯症이 확 뚫리는 거대한 말 력

물길을 신앙으로 물길을 어머니로

마음껏 방류하며 눈부신 그리움으로

가닿는 고향 집 마당 엇박자도 정겹다

아니마 아니무스의 시학

지축 흔들 기세 애잔함과 짠함 있다

생물生物의 변곡이란 뜻밖의 놀람

낙원을 그리는 노스탤지어의 손길

비극이 껴안은 전율의 카타르시스

무궁한 음양의 조화에 혼미한 조물주

민중의 시학

거대한 맨발 건강한 숨소리

씨 뿌려 거두는 미래의 보루
띄우고 전복시키는 물의 지혜

민중은 물이요 불이며 풀이었고
그 넋은 바람에 초연한 벽이었다

요란한 봄기운으로 붉고 곱게 피우는 꽃
오천 년 와각蝸角의 역사가 야무지게 영근다

절제의 시학

우여와 곡절의 다반사 인생살이

장편의 소설인들 어찌 다 사뢰랴

촌철寸鐵로 되새김하는 언어의 정수精髓

치유의 시학

정형整形의 여운과 짧은 줄의 감흥

울고 웃는 사이에 풀리는 매듭

행간에 숨어든 인생의 파노라마

두견새 울음 하나로 잦아든 설움

정들여 차려진 한껏 부른 시상詩床

만인의 편작扁鵲이 되는 한 줄의 묘약

감성의 시학

안이비설신의眼耳鼻舌身意로 맑히고 밝힌 세상

눈에 들고 잡히는 살 만한 세상

허리는 굽어도 꼿꼿한 마음

곡선처럼 온순한 삶의 번뇌들

따뜻한 감각의 그물로 건져내는 희망들

기대의 시학

누군가의 다수운 희망이 된다는 것
힘이요 동력이며 시원한 능선이다

가느다란 실핏줄이 생명을 살리고
연둣빛 살점이 탄탄한 근육이 되듯

건강한 기대는 키움이며 살림이다

옹기종기 모인 살가운 언어의 숨결들
위대한 용기이며 전진의 나팔이고
캄캄한 밤 하늘의 달과 별이며
망망대해의 나침반이고
목마름을 축이는 석간수이다

눈물도 웃음도 죄 품은
시 한 줄 솔찬히 넉넉한 삶의 의의이기를

인연의 시학

시를 쓰는 것은 인연을 맺고 푸는 일이다

시인의 눈과 정분난 삼라의 만상들
시인의 마음을 붙잡는 물태物態들의 눈짓
만상과 물태가 벌이는 화사한 묘기
중세의 칠흑 같은 암흑을 뚫고
부활의 언어로 되사는 생명이 된다

청청한 낙락落落의 지조가
인연의 이름으로 시인 앞에 섰을 때

비로소 따스한 생명의 시꽃이
화들짝 피어난다

충만함의 시학

임이여 그 물에 들지 마오
아 소리 없는 생명이 생명을 앗네

임이여 그 물에 안겨보오
아 무량한 사랑으로 꽃 되셨군요

사방에서 출렁이는 봄물의 넉넉함
원단元旦에 내리는 숨죽인 서설瑞雪
가을의 질펀한 풍요가 환하게 배 불린다

밤하늘 윤무하는 월훈月暈의 자태
갈증 난 대지의 환호성이 만추처럼 청량한 곳

거룩한 생명들 있어 온 세상을 활보한다

다정함의 시학

신이 나를 빚을 때
빠뜨린 것이 무얼까

곰곰이 생각해 보지 않아도
그것은 분명 다정함 같다

다정이 치유가 되고
다정이 사랑이 되며
다정이 건강이 되어
아름다운 사회를 만든다는데*

배꽃에 흰 달 비추고
은하수 한밤중인데
다정도 병인 양하여
잠 못 이뤘다**는
고려의 시인은 무슨 생각이었을까

패거리들의 살벌한 아귀다툼 전장에서
속삭임의 시술詩術로 다정함의 시심詩心으로

박제되고 화석 된 사람들을 구원할 수 있다면
엄니의 젖가슴 같은 다정으로 시를 쓰리라

* 켈리 하딩, 『다정함의 과학』, 더퀘스트, 2022.
** 고려 말 이조년의 시조. 인용자가 내용 일부 수정함.

추억의 시학

언어의 씨줄과 날줄이 엮어내는
위대한 앙상블의 늪이 시라면

언제나 그 늪에 빠져 허우적거린대도
눈물 몇 방울로 지울 수 없는 옛사랑을
젖은 감상으로 어린애 같은 하늘에 대고
늙은 노을의 몸이 어찌 시를 쓸 수 있으랴

추억은 엇박자일 수 없는 영원한 청년인 것을

평화의 시학

시작詩作의 종착역은 평화의 나라
어머니 품속 같은 시만 쓸 수 있으랴

종교와 맞닿은 영혼과의 숭고한 동행
열반과 구원의 무궁화 동산에 오른다

행복한 순례자 되어 다독이는 세상 물결

4부

말의 시학

제 양 불변의 시학 1

누구나 제 복을 갖고 태어난다는 말
느낄수록 몸과 맘은 형영形影처럼 끄덕끄덕

조각달 원융한 보름달로 자라나는 이치 보며
내가 저지른 말의 오남용을 어찌 용서받을지

상처 난 말들의 파편에게 사과할 날은 어느 때

제 양 불변의 시학 2

완적阮籍이 남긴 술 아깝다 말을 마소
훙치마 적 죽은 양귀비 박명이라 애달프랴

세상을 등지고 세상을 조롱하며
제멋에 취하여 운신했던 사람들일세

양만큼 누려 살았음을 아는 이 웃을 터

제 앙 불변의 시학 3

신이 나를 빚을 때 무슨 생각이었을까
깊고 큰 뜻 지녔을까 대충 장난이었을까

살아온 세월 부대낀 창공은
가슴가슴 숭숭 아린 바람이다

인과의 응보를 보며 장난은 아니었기를

제 양 불변의 시학 4

지금은 고요의 시간 움직임은 금물
만물들 속으로 속으로 익는 시간이다

안으로 충실히 살찌는 적막한 지금
내게도 한 번쯤 정정靜靜한 시간 더 있을지

발효된 순한 영혼으로 세상 맑힐 수 있기를

제 양 불변의 시학 5

미답의 외론 길 더 걸을 용기 없다
태고의 혼돈은 예측마저 어려운 모험

나에게 기적이 있다면 지금을 지키는 것
신체발부 수지부모 불감훼상 효지시야

불 꺼진 구강 포구엔 갈매기 울음 섧다

제 양 불변의 시학 6

고려 시절 지몽 선조 뒤를 이은 문벌의 폐문
정조 대 양오당 이후 적막한 만 권 서적

칠 세 후 불초 한선漢善 만 권 서적 쌓았건만
눈 감고 생각하니 구림 영화榮華 어찌 미칠까

낭주朗州의 아들이 되어 부끄럼만 더했네

제 양 불변의 시학 7

한 땀 한 땀 신접 이불 박음질하듯
파릇하고 싱싱함이 대지를 일깨운다

덩달아 팔딱이는 잠자던 시심들
순한 언어 다독여 오염을 일삼는데

갱생의 찬란한 서사는 곡절 뒤의 반전이길

제 양 불변의 시학 8

보란다 맛보란다 관방천의 구름과 바람
심연에서 길어낸 듯 하늘은 옥색이다

짙푸른 녹음 입은 느티와 푸조 자태
성급한 마음일까 여름의 열띤 발정

이십 년 지기知己 위함인가 매미의 세레나데

제 양 불변의 시학 9

비열함과 위선의 그림자로 뒤덮인 세상
세 치 혀의 간계奸計는 언제쯤 운명할까

서늘바람 자고 일면 홍엽의 들뜬 세상
이 사바 밝히고 남을 가을의 법등들

애달픈 풍경 소리는 원망할 바람이라도

제 양 불변의 시학 10

나는 왜 침묵 대신 시를 쓰는가
이 시대 내 시는 무엇이어야 하는가

물결의 파문 그 처음은 고요였고
만상의 선악 그 시작은 나부터였는데

제 업을 다한 말들 이제는 쉴 시간이다

가벼움의 시학 1

예불 소리 등지고 나니 마음 한결 가볍다

언젠가부터 저 종소리 끌어안고 싶었는데

대웅전 해맑은 풍경 소리 사바를 맑힌다

가벼움의 시학 2

새털구름에 몸을 얹는다
무겁다며 투덜대는 구름

무심한 하늘궁에 들어
열어젖힌 동굴 하나

낡은 영혼의 적폐를 쓸어버릴
튼실한 쇠 빗자루 한 묶음

구강포 태반에 들어 신시神市를 이루리

가벼움의 시학 3

사는 것이 죽는 것이고 죽는 것이 사는 것이라는

찻잔의 김 같은 공空과 색色의 알량한 화두

성속聖俗을 만들어낸 것도 가벼워지기 위함인 것을

가벼움의 시학 4

정병을 손에 든 약사여래 알현하고

두 손 곱게 모은 채 자비라도 빌어볼까

색공이 하나라는데 째마리 같은 짓을

가벼움의 시학 5

둘레길 걷노라면 속 모습 볼 수 있다기에

사는 것도 그런가 싶었는데 백무소성百無所成이다

낙엽에 파묻힌 길을 헤적이는 바람처럼

반전 한번 해보지 못한 짠한 삶들이

낙엽의 체념을 차마 찬양할 수 없다며

덧없는 세상을 붙잡고 생명을 구걸하는 시각

구름 속 힘없는 태양마저 딴 데를 응시한다

가벼움의 시학 6

세상사 일체가 마음먹기 달렸단다
녹이고 또 녹이면 어느 마음이 버틸지

하불실下不失 쥐구멍에도 볕 들 날 있다지만
정의와 비례하지 않는 마음을 붙잡고
그것도 삶이라며 위로하는 인생들이
속이고 또 속는 척하며 스스로 죄과를 줄이는데

송곳 같은 울음이 폐부를 찌르며
녹슬고 잠들 수 없다며 시심을 일깨운다

가벼움의 시학 7

오늘도 목록에서 이름 하나 빼냈다

가벼워진 머릿속 환하게 개운타

얼마를 덜어내야 저 달의 마음 될까

신은 나에게 무슨 저주를 주었을까

때때로 변하는 내 마음 그렇게 홀가분할 수 있을지

가벼움의 시학 8

구차한 언어 공해
지리한 중언부언

답답함
그리고…

한 줄도 길고 넘치는
시인의 자서전

가벼움의 시학 9

신명이 넘치는 세상의 만물들
홀로가 아니라는 연대의 기쁨들

은총은 외나무다리로 내리는데
인생에 정답이 없다는 것을
하필 노을 앞에 섰을 때야 아는지
이 세상 어느 생명이 귀하지 않으랴

풀어진 말의 근육들이 잠들 수 없는 밤

가벼움의 시학 10

가벼워진다는 것은
가벼워질 수 없음일까

성선이든 성악이든
그것만이 아닌 세상

누구는 노자를 비꼬고
누구는 석가를 합장하지만
이 세상 마지막 기억은
한 손으로 들기 편할 만큼
가벼웠으면 좋겠다

동화처럼 만화처럼
내 마음 네 마음 모두 둥둥

그렇게 떠갈 수 있는
시 한 줄 쓸 수 있기를

『천 년의 시학 오늘의 시학』에 부쳐

최한선

자신의 작품집에 대한 해설이나 설명을 하는 것은 흔치 않은 일이다. 이는 그런 글은 작가 스스로 그만큼 꺼리는 글쓰기라는 말과 통하는 대목이다. 통상 시집에 달고 나오는 발문이나 해설을 보면 거의 틀에 박힌 주례사처럼 칭찬 일색이거나 찬사의 무늬로 얼룩져 있어서 영판 볼썽사납기 일쑤이다.

그렇다 해도 자전적 시론 또는 시인의 에스프리나 무슨 무슨 시학이란 이름이 붙은 글은 막상 쓰려고 하면 왠지 모르게 망설여지곤 한다. 하지만 퇴계 이황 선생이 연작 시조 「도산십이곡」을 짓고 발문을 붙여 그 시조를 짓게 된 이유를 밝히고 간략하게나마 우리나라 시들을 비평했던 것은 나로 하여금 이 글을 쓰게 하는 용기를 주었다.

지난 2016년 『여의도 갈 배추』라는 시조집을 내놓으면서 처음으로 자전적 시론을 세상에 드러내었지만 속내로는 부끄럽고 두려운 마음으로 가득했었다. 그런데 흔한 말로 어려운 일도 자꾸 하다 보면 면역이 생긴다는 말처럼 이후 가사시집 『죽녹원 연가』의 발문은 부끄러움보다는 이론과 실천의 간극이 크지 않았다는 세평을 듣고 다소 위안의 마음이 되었다.

　그렇다 해도 자전적 시론 성격의 글은 신경이 곤두서는 일이 아닐 수 없다. 왜냐하면 시 창작은 시상의 발동에서부터 전개, 확대, 절정, 마무리에 이르기까지 전적으로 시인의 작위적인 의도와 관련 있기 때문이다.

　『시경』「대서」에 나오는 "시는 뜻이 가는 바이니 마음에 있으면 뜻이요, 말로 드러내면 시가 된다詩者志之所之也 在心爲志 發言爲詩"라는 말은 시가 곧 시인의 작위적인 의도가 언표言表된 것이라는 말에 다름 아니다. 이 대목에서 중요한 것은 마음에 두고 있는 뜻을 드러내는 데 있어서 문자언어란 도구가 충분한가의 반문이다.

　특히 오늘날과 같은 다매체 시대에 있어서 문자언어의 지위는 어쩜 매우 초라하거나 왜소한 것일 수 있기에 더욱 그렇다. 그렇기 때문에 정적이고 시각적인 문자언어보다는 동적이고 몸적인 영상시 등 다양한 매체의 시집이 등장

하고 있는지도 모를 일이다.

　인간의 문자언어가 갖는 한계는 이쯤 말하여 두고 필자의 시론 형성에 영향을 준 '흥어시興於詩'라는 말에 대해 언급할 필요를 느낀다. 이 말은 『논어』 「태백」에 나온다. "시가 사람을 환기시킨다" 또는 "시로써 사람은 진작된다"쯤으로 해석되는 이 말은 내가 왜 시를 쓰는가에 대한 설명이면서 내 시의 방향성을 제시하는 나침반 같은 것이다. 잘 아는 바와 같이 환기의 전제는 가라앉음이요, 진작의 전제 또한 가라앉음이기에 결국 환기와 진작은 인간사의 일비일회와 밀접한 관련을 가진다는 말에 다름 아니다.

　나아가 같은 책의 「양화편」이 제시하는 "시는 의지를 일으킬 수 있게 해주고詩可以興, 시는 세상을 올바르게 볼 수 있도록 해주며可以觀, 사람들과의 소통을 해주며可以群, 세상의 잘못을 지적해 주며可以怨, 부모와 형제, 어른과 아이를 따뜻하게 묶어주며邇之事父遠之事君, 자연과 사물 사이의 동질성을 형성해 준다多識於鳥獸草木之名"는 말은 내 시의 창작 지침이면서 내 시가 담아야 할 주제이기도 하지만 나아가 세상의 시인들이 눈여겨 바라봐야 할 고지이면서 시라는 문학의 존재 의의이기도 할 것이다.

　첨언하자면 한 줄의 시가 생의 보람과 희망을 느끼게 하고 무한한 분노를 토하게 하며 좌절을 맛보게 할 뿐만 아

140

니라 어떤 이념이나 가치를 위하여 해이한 자신을 부추기고 추동하는데, 이를 '흥어시'라고 말했을 것이다. 또한 자연 질서의 파괴와 훼손, 생태계의 교란과 변합 등에 경고를 날리고 자연과 인간이 함께 사는 진정한 더불음의 중요성을 '다식어조수초목지명'이라고 했을 터인바 그 나머지 觀, 群, 怨가 갖고 있는 역할과 임무는 군이 다 말하지 않아도 십분 알아차리리라 믿어 의심치 않는다.

필자는 다섯 살 때부터 마흔이 넘을 때까지 여러 선생님을 모시고 한학을 공부할 수 있는 행운을 가졌다. 그런 가운데 필자 나름대로 정리한 한학의 요체는 '움직임'이었다. 세상 모든 것은 살아서 움직인다는 생각, 그래서 심적인 것이든 물질적인 것이든 정체되지 않으며 그래서도 안 된다는 생각을 갖게 된 것이다. 특히 무한한 변화와 결합, 융섭, 변합 등의 원리와 효과를 집대성한 『주역』을 통하여 이런 생각은 굳어졌다.

학문의 깊이를 알았거든 그것을 움직여 다른 것, 새로운 것을 만들고 창조할 수 있도록 아는 것들을 전후, 좌우, 상하 등으로 움직이고자 하는 의지, 요즘 말로 하면 통섭이요 융복합하여 새롭게 열어 보이는 세상인 것이다.

그런 무한하고 부단한 움직임 가운데서도 무언가 중심이 되는 축, 그것을 필자는 토土라고 보았다. 이는 갈래 생성에 있어 역사적 갈래들 가운데 주된 역할을 하는 갈래가 있음과 다르지 않은 말이다. 변합과 결합, 융섭과 통섭을 조절하고 중심이 되는 이른바 동양철학에서 물질 생성과 창조의 주된 중심이 되는 태극과 같은 것으로 '토'의 위상을 정립한 것이다.

토土의 주재에 따라 구름과 비, 바람과 물, 불과 태양이 상생하고 협력하여 더 큰 힘을 발휘한 것은 일차적이고 초보적인 결합이다. 보다 크고 발전적인 결합은 이질적인 것들의 폭력적이고 과감한 결합이다.

예컨대 물과 불의 성질과 속성 및 기질의 힘 등이 전자가 아래로 향하는 하향성이라면, 후자는 위로 향하는 상승성을 지니고 있기 때문에 둘의 만남은 상극적인 성질로 충돌할 수밖에 없다. 이러한 용호상박적인 결투는 둘 다의 성질이 아닌 제삼의 다른 무엇을 생성하게 된다. 이른바 변혁이 이룬 혁명적 결과인 것이 된다.

이런 원리는 바람과 구름, 흙과 비 등의 결합에서도 마찬가지이다. 어찌 보면 서로 상극인 것들이 생성해 내는 힘의 위력은 이미 『주역』이 말하는 창조와 생성의 원리인 것이다.

따라서 시를 짓는 경우에 있어서도 영구히 정해진 어떤 틀이나 고정된 형식만 존재하는 것이 아니라, 시대와 수용자 층의 요구와 기대지평, 또는 창작자 층의 인식이나 가치 변화에 따라 얼마든지 가변적인 결과로서 그 형식이나 내용이 다양하게 실현될 수 있다는 것이다.

그런 가운데는 당나라 시인 맹호연이 말했던 대로 풍설기려파교風雪騎驢灞橋의 정신 곧 세모를 맞이하여 바람 불고 눈 내리는 가운데 '매화'를 찾아 절룩거리는 나귀를 타고 뚜벅뚜벅 파교를 건너는 배움의 자세가 뒤따르는 것임은 두말을 요하지 않을 것이다.

매화로 상징되는 멋진 시구는 깊은 사색과 고뇌의 산물로서 쉽게 얻어질 성격의 것이 아니기에 『주역』의 창조와 생성을 위한 결합 원리는 시 창작의 기본자세이면서 매우 소중한 지침인 것이다.

코로나 19라는 팬데믹의 천만 위태로운 상황에서 나의 마음은 어떠한가? 한시라도 같은 마음을 지닌다는 것이 왜 그리 어려운지 시시때때로 갈리는 마음결을 다잡기 힘들다. 주야장천 설상가상으로 깜냥 안 되는 사람들의 허튼소리가 심란함을 보태고 시나브로 시들어가는 가난한 이웃들의 안타까운 현실에 착잡함이 수수겹겹으로 교직된다.

내가 나를 잘 모를 정도의 심란함, 이때 '홍어시'는 무엇인가에 자꾸 반기를 들게 하고 갈등을 부추기며 일차 분노를 추동한다. 그렇게 하는 것이 옳고 바른 일인지는 판단

할 새가 없이 말이다. 이럴 때 시인은 저기 프랑스의 루이 아라공처럼 레지스탕스나 투사가 되어야 하는가? 번민의 시간이면서 그만한 가치도 있다. 하지만 여기서 다시 떠올려지는 말, 시는 부모와 형제, 어른과 아이를 따뜻하게 묶어주는 매개여야 한다邇之事父遠之事君는 시의 소명 앞에 다시 나의 시작詩作이 어떤 방향성을 지녀야 하는가에 대한 좌표가 주어진다.

시인으로서 무수한 고민을 할 수 있음에 무한 감사드리면서 이번 시집에 대하여 사족 같은 몇 마디를 붙임으로써 본연의 임무를 다하고자 한다.

이번 시집은 전체 4부로 구성되어 있다.

제1부는 '천 년의 시학'이란 표제 아래 37명의 시인들의 시학에 대한 시가 자리 잡고 있다. 나의 선조께서 세종 당시에 창평현령을 맡고 선정을 베풀어 담양과의 좋은 인연을 맺은 탓인지 나는 자발적으로 지난 1998년 동신대학교에서 전남도립대학교로 직장을 옮긴 이래 한국가사문학관 개관을 위한 실무위원장으로서 만반의 준비, 대성학당 설치와 총무이사로서 인문학 강좌 개최 등 다양한 활동 등은 물론이고 송순문학상 제정과 심사위원, 담양 누정 연구서 발간,『담양군사』발간,『오늘의 가사문학』발간과 주간으로서의 역할, 가사 자료의 DB 사업, 가사로 쓰는 수필,

시, 동화, 소설 등의 발간을 통한 가사문학의 현대화 사업, 가사문학전국학술대회, 전국청소년가사시랩대회, 전국 가사시낭송대회, 한국가사문학관 인문학 강좌 주관 등 담양과 관련한 여러 일들을 펼쳐왔다.

하지만 23년 세월 동안 무언가 마땅히 해야 할 일을 하지 않은 것처럼 아쉬움을 떨치지 못한 것은 담양군 문학, 특히 한시문학에 대한 연구를 제대로 하지 못한 때문이었다. 뜻이 있으면 길이 있다는 말이 있듯 지난 2020년 20년 만에 드디어 『담양군사』를 새로 쓰는 사업이 진행되었고 나의 오랜 숙원이었던 담양 천 년의 한시사를 번역, 정리할 수 있는 절호의 기회를 얻었다.

근 2년여 동안 담양과 연고가 있는 시인들의 문중을 직접 찾아 문집을 접하고 이를 번역하고 정리하는 작업을 열심히 했다. 여기 선보인 시조들은 담양군 천 년의 한시사를 조망한 것으로 고려의 이성 시인에서부터 현대의 고재종 시인까지 천 년의 역사 동안 담양 출신이거나 담양을 빛낸 시인 37명을 선정하여 그들의 시에서 느껴지는 시학을 필자 나름의 해석과 감각, 안목으로 추출하고 그에 대하여 시조로써 현재화해 본 것이다.

제2부는 '시인의 시학'으로 현재 우리 시대에 활동하고 있는 10명의 대표 시인 또는 학자들과의 교유에서 그들이

시 창작 과정에서 중요하게 생각하고 있는 시학을 대상으로 필자가 시조로써 재현함으로써 시인을 꿈꾸는 시인 지망생들에게 도움을 주고자 한 것이다.

제3부는 '오늘의 시학'으로 산의 시학을 비롯 평화의 시학까지 필자 나름대로 시 창작을 하면서 갖고 있는 창작의 자세 또는 창작 과정에서 중요하게 여기는 것들을 41개 항목으로 축약 제시한 것으로 일종의 시 창작 지침적 성격을 시조로 표현해 보인 것이다.

제4부는 '말의 시학'으로 필자 나름의 인생철학을 '양'과 '가벼움'이라는 두 단어로 제시한 뒤 그에 따른 여러 상황적 변화와 가치관의 차이 등을 시조로 표현해 보였다.

시 쓰는 일이 사람의 일이고 인문 정신 활동의 일부라면 천문天文이나 지리地理와는 달리 사람의 냄새가 스며 있어야 함은 두말할 필요가 없을 것이다. 그래서 시의 가치와 존재는 '운우풍수화양토'라는 자연의 정리와 '희로애락애오욕'이라는 인간의 정리가 끝없이 치환되면서 때로는 로고스의 통제와 에토스의 지원 아래 무량한 파토스의 질펀한 사람 냄새로 우리 곁에서 영원히 힐항頡頏할 것이기에 오늘도 '흥어시'의 화두를 붙잡고 정신과 시상의 '흥'뿐만 아니라 육체와 영혼의 '흥'을 위해 눌언訥言의 여정을 멈추지 않으련다.

천 년의 시학
오늘의 시학

—

초판 1쇄 2022년 4월 29일
지은이 최한선
펴낸이 김영재
펴낸곳 책만드는집

—

주소 서울 마포구 양화로 3길 99, 4층 (04022)
전화 02-3142-1585·6
팩스 336-8908
전자우편 chaekjip@naver.com
출판등록 1994년 1월 13일 제10-927호
ⓒ 최한선, 2022

—

—

ISBN 978-89-7944-801-6 (04810)
ISBN 978-89-7944-354-7 (세트)